I0572130

Una Nota Del Autor

Mi nombre es Fritznel Elvéus. Soy Ti Kèkèy en el cuento. Crecí en el Noroeste de Haití. Cuando tenía la edad de 4 años, mis padres tomaron la decisión más difícil de sus vidas, dejar que mi hermana y yo fuéramos a un orfanato después de la perdida de nuestra hermana mayor. Mi familia estaba siendo perseguida por personas que practicaban brujería, y ellos pensaron que nuestra única manera de sobrevivir era irnos de ese lugar. Ellos tuvieron que actuar rápidamente cuando alguien se les acerco y les dijo, "Si no quieren perder a todos sus hijos, yo los llevare a un lugar donde estarán seguros, pero nunca los podrán volver a ver." Mis padres vendieron todo lo que tenían en su casa para pagar nuestro viaje sin esperanzas de volvernos a ver.

Pronto llegamos a ese lugar tan feliz y hermoso, donde de repente teníamos entre ochenta y cien hermanos/hermanas. Todos nos dieron la bienvenida con brazos abiertos. Sin embargo cada rosa tiene espinas. Unos días después, un grupo de niños mayores empezaron a llamarme Ti Kèkèy (Ti-Ke-Kei). Ti Kèkèy es un apodo. La traducción más cercana es Pequeño Palito. Ellos me dieron este nombre para fastidiarme por ser tan delgado. Debí verlo venir porque todo parecía demasiado bueno para ser verdad. Aunque bromeábamos mucho entre nosotros, nuestra hermandad era inquebrantable. Nos defendíamos de los otros niños del vecindario que nos veían diferente por vivir en un orfanato. Cuando nos invitaban a jugar futbol en el vecindario, los otros niños nos llamaban "huérfanos" en vez de llamarnos por nuestros nombres. Esta era su manera de decirnos que ellos eran mejor que nosotros porque no teníamos padres. Lo que no se imaginaban es que muchos de nosotros si teníamos padres, pero circunstancias difíciles como la pobreza, persecución, y sacrificio nos habían traído aquí.

Cuando crecí, me di cuenta que ser llamado Ti Kèkèy y huérfano fue solo debido a ignorancia. Estos nombres no me definen, y no me molestan más. Hasta decidí que, si algún día escribía un cuento para niños, nombraría al personaje principal Ti Kèkèy. Gracias a mi experiencia, puedo decirles a todos los niños que el bullying (acoso) ocurre debido a la ignorancia, y entre más pronto nos damos cuenta de eso, toda mejora. Muchas veces los que hacen bullying usan eso como una cortina para esconder su debilidades e imperfecciones. En realidad, todos tenemos nuestras debilidades y fortalezas. La clave es aceptar y trabajar en nuestras debilidades, ya que esto solo nos hace más fuertes.

El g⚽l de mi vida

Escrito y ilustrado por

Fritznel Elvéus

Todos en Haití crecen jugando al futbol. El fútbol es el único deporte
que hay, así que si no sabes jugar eres en un bicho raro.

Yo nunca fui bueno jugando a fútbol. A mí no me gustaba hacer cosas en público y siempre tenía miedo de no hacerlo bien cuando jugaba frente a una multitud de personas.

Me aterraba pensar que podía fallar a mi equipo. Así que, principalmente me mantuve apartado de mis compañeros de equipo para que así no esperaran mucho de mí.

Algo que debes saber sobre mí es que crecí en un orfanato, es un lugar para niños que no tienen padres.
En mi orfanato solamente había una oportunidad para brillar y era jugando en el campeonato anual de Fútbol.

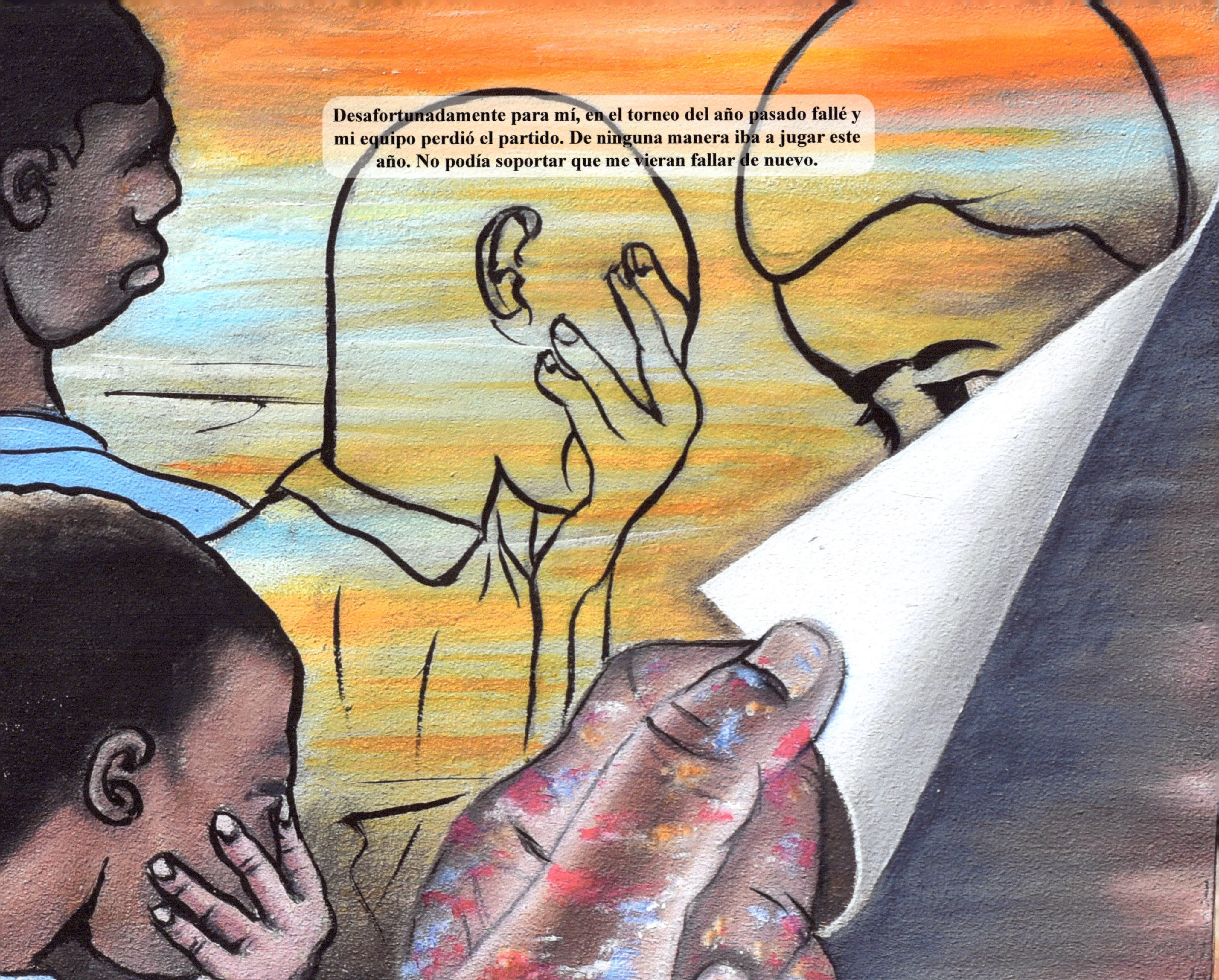
Desafortunadamente para mí, en el torneo del año pasado fallé y mi equipo perdió el partido. De ninguna manera iba a jugar este año. No podía soportar que me vieran fallar de nuevo.

En lugar de eso, hoy voy a quedarme en mi zona de confort haciendo lo que mejor hago: pintar. Me sentaré en el tejado a pintar y a disfrutar del partido al mismo tiempo. Los niños del otro equipo además son malos. Ellos se ríen de nosotros porque vivimos en un orfanato. Pero a mí no me importa…no me importa mucho.

Pero es divertido estar sentado en el tejado pintando el paisaje mientras disfruto del partido. Incluso pinté a nuestro equipo jugando. ¿Te gusta? El equipo parece que está jugando mejor sin mi causándoles problemas.

“¡Ti Kèkèy! ¡Ti Kèkèy! ¡Ven a jugar con nosotros!”
“¡Ti Kèkèy! ¡Ti Kèkèy! ¡ Ven a jugar con nosotros!”
¿Por qué están gritando mi nombre?
¿Quien yo? ¡Os habéis vuelto locos! ¿Recordáis el año pasado? Solo fingiré
que no puedo escucharlos.
“¡Ti Kèkèy! ¡Ti Kèkèy! ¡ Ven a jugar con nosotros! ¡te necesitamos!
¡Maurice está herido!”

No veía que pasaba, pero me dí cuenta de que nuestro equipo solamente
necesitaba un gol para ganar.
Si no lo intento el equipo del orfanato perderá. Tengo miedo, pero debo
intentarlo y quizás así el equipo no pierda.

¡Mira a toda la gente! Las gradas están llenas. Mi tutor Keith sabe lo que estoy pensando y me dice, " Imagina que la multitud de personas son solamente sombras y así no te pondrás nervioso."

Eso hace que me olvide de la multitud, pero no del otro equipo. "¿Qué haces aquí, huérfano flacucho? ¿Vas a ganar como el año pasado?" Escucho a uno de ellos burlándose de mí.

PIIIIIIIIIIIIIIIIIIIIIIIIIIIIII. Suena el silbato del árbitro.

"Solo queda un minuto para el final del partido" dice Keith mirándome directamente.

"Como si fueran sombras" Me dice con un guiño.

"¡Ti Kèkèy! ¡Ti Kèkèy! ¡La pelota!
¡Oh no! ¡Por aqui llega la pelota! Sé que voy a fallar, lo sé. Si voy a hacer algo,
tengo que hacerlo ahora mismo y con rapidez. ¡AHHHHHHH!

Whoosh. ¡Goooooooool!!!!!!!!!

¿Qué es ese sonido? Todos aplauden ….¡A mí! ¿Lo logré? ¡Realmente lo conseguí! El partido ha terminado, y ¡Hemos ganado! Por primera vez en muchos años el orfanato ha ganado la copa.

Quizás jugar al fútbol no esta tan mal después de todo.

El fin

Este libro está dedicado a mi hija...

Ava Butler Elvéus.

Editores: Jodi Sankovitch, Justin Bronson Barringer.
Translator: Jessica Sanchez

Quiero agradecer...

- Kathie Perkinson y las Leales Damas de la Iglesia Cristiana Bowling Green quien me patrocinó y me proporcionó materiales de arte cuando era niño.
- Todos los que apoyaron a Haití, y en particular al orfanato donde crecí, la Misión Cristiana del Noroeste de Haití.
- Jessica Sanchez, Eva Fernandez, Valencia Rueda Martha, Salazar Barranza Viridiana, Danna Agguilar cabello por ayudar con la traducción al español

Text and illustrations © by Fritznel Elvéus
Library of Congress cataloging-in-Publication Data
Fritznel Elvéus
Ti Kèkèy/The Goal of My Life
ISBN: 978-1-7350066-0-4

www.ingramcontent.com/pod-product-compliance
Lightning Source LLC
Chambersburg PA
CBHW041138100726
47911CB00004B/141